钢铁乐章

李永刚 著

陕西新华出版
太白文艺出版社·西安

图书在版编目（CIP）数据

钢铁乐章 / 李永刚著. -- 西安：太白文艺出版社，2023.9（2024.1重印）
ISBN 978-7-5513-2423-6

Ⅰ. ①钢… Ⅱ. ①李… Ⅲ. ①诗集－中国－当代 Ⅳ. ①I227

中国国家版本馆CIP数据核字(2023)第130408号

钢铁乐章
GANGTIE YUEZHANG

作　　者	李永刚
责任编辑	史　婷
整体设计	建明文化
出版发行	太白文艺出版社
经　　销	新华书店
印　　刷	三河市嵩川印刷有限公司
开　　本	787mm×1092mm　1/16
字　　数	90千字
印　　张	13.25
版　　次	2023年9月第1版
印　　次	2024年1月第2次印刷
书　　号	ISBN 978-7-5513-2423-6
定　　价	52.00元

版权所有　翻印必究
如有印装质量问题，可寄出版社印制部调换
联系电话：029-81206800
出版社地址：西安市曲江新区登高路1388号（邮编：710061）
营销中心电话：029-87277748　029-87217872

序

"钢铁诗人"李永刚的人生"诗"路

桌案上厚厚的一摞手稿都被印成了铅字诗篇,一本本泛黄的剪报集凝聚着主人对诗歌难以割舍的情怀。陕西诗人李永刚说:"我始终认为,写诗的人和诗人之间有很长的路途,我只是路途中普通的行者,是旅人。我是爱好写诗的人,不是诗人。"

人生"诗"路开启了文学创作的大门

古城西安冬日的午后,天气干冷,但天空湛蓝,有一种说不出的开阔感。于喧闹中,寻到一处安静的角落,在书案一角,陕西诗人李永刚将他的人生"诗"路与记者娓娓道来。

读高中的时候就喜欢上新诗了。李永刚说有两件事至今深留在记忆中:"一件事是高二学杜甫的《石壕吏》,

我把它译成了规整的现代格律诗，尽管当时语言匮乏，想象狭窄，却受到了语文老师的表扬。再一件事是，高中时班级都订阅有几份报纸，因为对诗的喜爱，我便把自己认为的好诗抄写下来。为了抄诗，5分钱一张的大白纸，我每次买两张，折裁成32开大小，共64小张，再用针线缝装成如同线装书一样的本子。高中时期，我手抄诗抄了有两三本。这两件事是我和诗最早的结缘。"

上大学时，学的中文专业，李永刚离诗就更近了。"上大三的那一年，系上组织征文比赛，我忐忑地投了一首《为什么》，居然获了奖，这让我增加了对诗歌创作的信心。那时，我还大量地阅读中外著名诗人的经典作品，大小笔记记了十多本，这些笔记至今还保存着。今天看来，也算是一种积累。"

"钢铁诗人"在诗歌路上探险与挑战

真正实操层面的诗歌创作，是在工作以后。李永刚说，他最初写了许多反映教师生活工作的作品发表在《教师报》上，后来写了一些反映煤矿工人生活工作的散文诗发表在《陕西工人报》《当代矿工》《星星诗刊》《延河》等报纸杂志上。

2012年到陕钢集团工作后，李永刚和钢铁工人结下了深厚感情。几年时间，创作并发表了40多首与钢铁有关的诗，一些作品深得职工的认同和喜欢。其中，《钢城抒怀》

一诗在首届中国冶金文学征文评奖中获奖；《我对钢铁有一份牵挂》《看望高炉》等反映钢铁工业火热生活的作品深深感动了钢铁职工，冶金作协的同人亲切地称他是"钢铁诗人"；他创作的《我爱钢铁》这首诗，在2017年荣获了陕西省职工文化艺术节文学征文诗歌类一等奖，被陕西省总工会授予"陕西省职工艺术家"荣誉。"钢铁诗成为我创作中最引以为傲的作品"，李永刚如是说。

近年来，李永刚的创作呈井喷之势，优秀的诗歌作品不断涌现，他的诗或写生活或写时代，都有情有味，感人至深。其中，《我爱我的祖国》《英雄，是这个春天的主题》《妹妹嫁到了陕南》感动了无数人；诗歌选集《心曲——45个乐章》，是他30余年心路历程的缩影。

2020年他创作的诗歌《武汉，祖国和你在一起》点击无数，30多家媒体平台转发转播。散文诗《2020，我会把这个春天深深铭记》发表后，引起一片叫好声，18位陕西朗诵、播音大咖配乐倾情朗诵了这首作品。朗诵诗《透过窗户，我便看见大秦岭》《人民》等发表后，同样在读者和听众中产生了热烈反响。

以诗言志，诗歌需要用心用情去写

诗人李永刚的诗歌内涵丰富、情感真挚，读过他作品的人总能从诗中读出自己的故事，能从诗中找到共鸣，感受到时代的脉动。作家李宗奇说："李永刚的诗歌是从心灵中流淌出来的精神图腾，朴拙、纯真且气清，读之有味，品之泪吟。"宝鸡文理学院教授赵德利说："歌诗合为事而作，我被李永刚作品中所记叙的各色人物的英勇奋战事迹所感染，被诗人深沉而又高亢的情感旋律所震动。"

学习新诗创作30多年，李永刚对于诗歌创作也是颇有心得。他说，诗，要说人话，要发心声。"言为心声，诗为心语，诗是需要用心用情才能写得出来的。'诗言志'，这里的'志'就是心志，诗就是要传递发自于'心'的声音，表达源自于'心'的志趣。"

滴着露珠，带着泥土，冒着热气的作品，总是源于生活，来自生活的作品。李永刚坦言："很多人说我写的是正能量的诗。我认为，诗就是要紧扣时代，要有大情怀，要反映时代的脉搏，反映生活。现在有一些诗缺少正大之气、正大之象、正大之声，从内容到形式都充满平淡、狭隘的小情调、小感觉、小技巧，不是说诗呈现这些'小'不可以，而是说，无论是写痛苦，还是写欢乐、写奋斗、写现实、写梦想，都应当是积极健康的作品，应当是反映人的追求和希望的。我认为，有心性有情感有质地的作品，能够和读者心灵相契合的作品，能够与时代同频共振的作品——这样的作品才有生命力。"

王娇莉（《三秦都市报》资深文化记者）

2021年1月11日

目 录　Contents

一 炉火

- 003　走近1号高炉
- 006　出铁
- 008　看5号高炉出铁
- 010　炉火与花儿
- 013　望着铁水，有一种神圣在升腾
- 019　石头的分量
- 023　品味钢铁场景
- 028　敬畏转炉

二 他们

- 033　听那炼铁的故事
- 042　作业长薛小永
- 045　毛洁成是一位高炉炉长
- 049　炼钢工的眼睛
  ——读徐禾《炼钢工的眼睛》有感
- 052　中包工

三 时光

- 057　亲近钢铁
- 061　钢城抒怀
- 067　钢铁时光
- 070　我爱钢铁
- 076　2016，钢铁温暖我的心
- 081　2017，我有一个梦想
- 087　2018，钢铁的交响在心中升起
- 090　大西沟，我向你问好
- 095　对照钢铁
- 101　给中国"手撕钢"献上我的诗句
- 104　钢城四季
- 109　谁懂高炉的痛
- 113　阿波罗未来城是一曲壮美的交响乐
　　　　——写给中国二十冶集团深圳公司

四 春天

- 119　钢铁，向着春天
- 128　春天，我不知如何来写你
- 131　冶炼一个响当当的钢铁春天

	135	春天里，我去了趟龙钢
	140	相约在春天
	145	春到人间
	150	春天来了

五 情怀

	157	听到钢铁的声音我会忘却一切
	160	我对钢铁有一份牵挂
	167	惦记高炉是一种习惯
	169	看望高炉
	174	这些温暖而骄傲的名字
		——写在新中国成立70周年之际
	189	我们之间有一份长长久久的情
		——观第三届丝博会有感
	192	八十年前，那个初夏的风
		——写在"助力乡村振兴培育文学新苗"
		文学志愿服务活动之际

199 后记

一——炉火

走近 1 号高炉

2017年2月23日

上午9点15分

阳光很阳光

春风真春风

春天好春天

我们一路谈笑

走进龙钢

走近1号高炉

在欢腾的铁水面前

我久久注目

冬天里沉默了好久的

1号高炉

以滚滚奔流的方式

异常洒脱地表达

久抑的心声

他迎接我们

以欢快的方式

朗诵一首

春天的诗

每一句

都是从落叶纷纷中

飘来

满是

风

雨

痕迹

他迎接我们

以豪迈的方式

歌唱一曲

春天的歌

每一个音符

都结着冰霜

在春光下融化

奔

流

不息

1号高炉

委屈了好久

沉默了好久

炉腹不知装了

多少话儿

要说给春风

站在1号高炉前

面对欢快的铁水

我已听不见

嘈杂的声音

也忘却了

世事纷纭

此刻，我的世界

只有

高炉

铁水

和习习春风

写于2017年2月24日午夜

2017年3月10日发表于《中国冶金报》

2017年第036期（总6560期）08版副刊

出 铁

带着热的气息

汗水和心思

向 4 号炉汇集

块矿　球团矿　烧结矿

还有燃料和熔剂

集合起来

为了高炉的

又一次开启

下午 4 时 19 分

4 号高炉出了第一炉铁

钢城的春天

被铁水映得通红

炼铁的伙计

我想紧紧拥抱一下你

昨夜的星辰

应该理解

铁水奔流的含义

明天太阳升起的时候

我们和高炉
一起歌唱

2016年6月3日发表于《中国冶金报》
2016年第084期（总6410期）08版副刊

看5号高炉出铁

走上炉台
走到春天里
5号高炉
让我充满敬意
出铁口
率直豪迈
以男高音的声调
尽情歌唱
高亢的旋律
让春光惊喜

5号高炉
充满男人的刚性
大气磅礴
不负春光
铁水奔流的气势
如雄狮猛虎
充满威力

无心关注季节冷暖

只专心和时光赛跑

出铁的状态

纵情不羁

喷薄而出

滚滚涌流

春天里

5号高炉

笑声朗朗

把冬天的往事

置之脑后

铁水豪迈而爽朗

与春风携手

奔跑在明媚的

阳光里

写于2017年3月7日晚

炉火与花儿

这是天地大开的季节

炉火与花儿形成一种默契

一个在绽放人间美好

一个在冶炼钢铁正气

春风温文尔雅

铁水柔情飘逸

都在追求一种灿烂

追求没有杂质的美丽

花儿用芳香

诠释生命的高洁

炉火用热烈

表达燃烧的意义

都在为新生而奋力

让新生生得碧绿

生得艳丽

生得开心

生得不失时机

生得心旷神怡

生得茂盛

生得勃发

生得理直气壮

生得日新月异

该扬弃的

痛痛快快地扬弃

扬弃得没有一丝犹豫

让铁水成为春天的伙伴

花儿的兄弟

绽放刚性的魅力

炉火是时光忠实的追随者

春夏秋冬

不分四季

一刻不停

燃烧不熄

燃烧成纯真的浪花

燃烧成清脆爽朗的

钢铁笑声

在天地之间

舞动洋溢

与花儿一样灿烂的炉火

在绽放钢铁特有的香味

日夜冶炼着锃亮亮

刚强无比的真理

与杂质分道扬镳

该挥发的

就让它挥发得干干净净

该死亡的

就让它死得彻彻底底

燃烧

醉心地燃烧

绽放

和花儿一样

绽放

专心致志

生生不息

香味成为钢铁人

春天里爽朗的笑声

弥漫在空气里

写于 2019 年 3 月 29 日

望着铁水,有一种神圣在升腾

喷涌而出
滚滚流动
生命的活力
就是这样
以喷薄的状态和涌流的方式
生生不息地
前行
没有花儿招蜂惹蝶
没有流水絮叨闲情
只有在高炉里
热烈地汇聚
尽情地熔化
不尽的梦想
在日夜生成
雄浑壮美
滚滚火红
望着铁水
有一种神圣

在升腾

柔软与坚硬

有形与无形

泪水与微笑

苦涩与高兴

豪迈与婉约

叙说与抒情

高炉里时时刻刻都有故事

在发生

曲折而生动

人物都在高炉的背后

只有在出铁口

一切被映得通红

情节从来就不简单

主题只有一个

那就是火热的冶炼

一刻不停

时光的柔软和现实的坚硬

在一分一秒中熔化

成为不舍昼夜的喷薄和涌动

太阳的有无

月亮的圆缺

星星的闪烁

天空的云霞

在滚滚铁水里

成为无关紧要的风景

望着铁水

有一种神圣

在升腾

清晨

站在高炉前

凝望铁水

太阳在眼前升起

黎明退至身后

成为暗色的水渣

不见了踪影

天空是铁水的天空

一片通红

我被映照成静居子宫里的

赤裸裸光亮亮的胎儿

庄严得让嘈杂的世界

吃惊

只有时光的秒针

发出声响

铁水就是这样在静静地

奔涌

壮美雄浑

温柔深厚

饱含深情

望着铁水

有一种神圣

在升腾

夜晚

站在高炉前

依旧凝望铁水

铁水异常沉静

世界进入梦乡

铁水总也清醒

在夜的背景下

他越发火红

充满激情

给没有太阳的夜晚

一个火样的风景

他急切地赶路

分分秒秒

涌流不停

星星眼涩

夜已沉睡

铁水的脚步

依然急行

他要奔向天明

望着铁水

有一种神圣

在升腾

出铁口

永远是喷薄的架势

滚滚的状态

涌流的律动

让我无暇走神

铁水从我眼前漫过

漫过我痴痴的目光

漫过春夏秋冬

漫过我红彤彤的

钢铁表情

漫过我锃亮亮的

钢铁之梦

望着铁水

真的,有一种神圣

在升腾

  2017年6月23日发表于《中国冶金报》
2017年第094期(总6618期)08版副刊

石头的分量

冬日清冷的阳光

陪伴着我

又一次来到大秦岭的腹地

来到熟悉的柞水

来到大西沟山上

亲切的采场

我渴望又一次看望

一群特殊的石头

看望一群沉默而灵动的

偶像

我渴望

和每块石头紧紧地

握手

感受他铁的颜色和铁的分量

我渴望

和每块石头紧紧地

拥抱

体会他铁的内涵和铁的素养

我渴望

用诚实的眼睛

把每块石头仔细

端详

认识他铁的纹理和铁的品相

我渴望

用虔诚而不自大

谦虚而不狂妄的

一颗干净的

心

倾听每块石头的声音

倾听整座山给我来

讲一讲

讲一讲如何在亿万年里

沉淀含铁的自己

如何在风雨雷电中

坚守铁的涵养

如何在大地的抬举中

不自视甚高

如何在纷纭的天空下

守住铁的理想

如何在喧闹的世界

保持铁的沉稳

如何在五颜六色中

不改铁的形象

如何不怕牺牲

甘愿破碎自己

如何粉身碎骨

都要实现铁的愿望

可敬的大秦岭啊

我远远地把你仰望

可爱的大西沟的矿石啊

我渴望行走在

通向你的山路上

这条盘旋而上的路

一头连接着

我牵肠挂肚的心

一头连接着

繁忙无比的采场

每来一次

我会增加一份敬仰

每来一次

我更会感到

一块石头的

分量

2016年12月16日发表于《中国冶金报》
2016年第190期（总6516期）08版 副刊

品味钢铁场景

料　场

有时很空旷
空旷得梦想遍地
有时很拥挤
拥挤得歌声四起
每一粒矿石
都睁着眼睛
挥着手臂
毫不迷离
也毫不迟疑
是铁了心在等待
在积蓄一种力量
为下一刻
做着最充分的
准备
让一切不可能
成为可能

生命的价值

就在于

舍生取义

烧　结

没有什么含糊的

就在这里结伴同行

台车让人生

有了长度和宽度

热风吹过

花儿在一片静默中

盛开

台车徐徐前行

规整的时光

输送着

坦荡与磊落

这里呈现的

只能是

无声的壮美和

永不停歇的

豪迈

高　炉

在光明磊落的炉火面前
一切虚伪圆滑
和无处不在的
自私与狡黠
都会躲闪不及
只能被浩浩荡荡的铁水
吞噬
纵有万语千言
高炉表达的方式
永远都是铁水奔流
高大
庄严
神秘
神圣
好似一尊塑像
只有一个表情
那就是
笑

转　炉

总是那么紧张繁忙

分分秒秒都在与杂质

较量

斗争就在白热化的

炉火中进行

该溜走的

通通溜走了

只留下一片纯粹

几十分钟

炼就一炉钢

一生却未必能炼成

一个与钢一样

纯纯粹粹

磊磊落落

声音脆亮

筋骨坚强的

人

轧 钢

真够热的

汗水缺少了矜持

在不停流淌

真够响亮的

钢铁一直在歌唱

三切分

四切分

一气呵成

永远都是这么

流畅

经过了所有的过程

现在的自己

才是真正有用的

自己

写于 2017 年 8 月 17 日凌晨

2017 年 8 月 25 日发表于《中国冶金报》

2017 年第 130 期（总 6654 期）07 版副刊

敬畏转炉

我敬畏转炉

容得下

铁水的滚烫

也容得下

废钢的冰凉

四十五分钟的吹炼

让杂质一一逃亡

让铁水实现梦想

我敬畏转炉

不厌其烦地转来又转去

和高炉一样

充满着大雅之相

默默无语

心里装的却是

满满的理想

我敬畏转炉

开始就注重平衡

吹氧让铁水变得纯粹

把龌龊的东西

通通除去

只留下对钢的向往

加进合金

便加进了坚韧和刚强

我敬畏转炉

没有狭隘

也没有盛气凌人

只是一刻不停地炼啊

炼就了一炉又一炉的

纯粹与高尚

写于2016年8月29日晚

2016年9月9日发表于《中国冶金报》

2016年第139期（总6465期）08版副刊

二——他们

听那炼铁的故事

黄河汹涌

奔出秦晋峡谷

龙门钢铁与铺开的河流

恰是邻居

卫军民是炼铁厂的头儿

他让我联想到一辆坦克

他真的像一辆坦克

在高炉前

碾过多少关于炼铁的

非凡岁月

他不像厂长真的不像

他真是厂长真的就是

他个子不高不矮

前额开阔

体格健壮

能干能说

脾气与性格

最适合与高炉对接

我叫他

炼铁厂的头儿

他是炼铁人中

最棒的那一个

是在今年6月一顿晚饭后

二两酒让他的嘴开讲

星星在夜空入神地听着

我对他发问一个又一个

高炉的难题

如同他的高炉一样

他口若悬河

如同出铁口

源源不断地出铁

他肚子里装满了铁的事情

我听他讲那

炼铁的故事

滔滔不绝

他说

高炉就是一个人

有自己的脾气和性格

不了解高炉玩不了高炉

不理解高炉

体会不了高炉的痛苦与欢乐

他被高炉折磨过

当炉长那阵儿年轻

几十天高炉不顺闹毛病

他和大伙儿

吃不好也睡不着

高炉的脾气就是倔

不出铁就是不出铁

一气之下他摔了安全帽

炉长的帽子也被他

狠狠地摔破

他被免职了

半月不和领导说话

一句不说

可高炉一刻不停地折磨人

他一刻不停地

在经受着难熬的折磨

高炉啊

你的脾气是什么
为什么不能稳定顺行
为什么不能多多出铁

厂长干脆一拍他的肩膀
"解铃还须系铃人"
"倔强的高炉还得你拾掇"
官复原职拾起炉长的帽子
他与高炉再次交手
这次不是交锋
而是要和高炉
热诚地交交心窝
一个月不下炉台在观察
一个月不回家在琢磨
一个月守着高炉在思索
一个月理解了高炉的痛苦
一个月把准了高炉的脉搏
一个月领悟了高炉的喜怒哀乐
一个月使自己成为高炉真正的朋友
一个月让高炉成为驯服的骆驼
高炉快乐了
高炉活跃了

他说

炉况顺

在于你要摸清高炉的脾气性格

顺着高炉的性子走

不要人为把高炉强迫

你顺他他就会顺你

这就是高炉的道

遵循了这个道

高炉就会使劲儿出铁

铁水会奔流如小河

在炼铁人的眼里

铁口出铁的情景

不仅仅是一道独特的风景线

更是高炉脾气好心情好炉况好的

绝妙表现

更是高炉气度温度风度的

最佳组合

更是人与高炉和谐相处的

最美礼赞

更是高炉最愉悦的时刻

他说

他的老厂长有句话

深深打动了他的心窝

"我爱高炉胜过了爱老婆"

这不是虚言

这是真情流露实话实说

要不怎么退休了

老厂长还要再上炉台

把久别的高炉深情地看看

让铁水从自己的心中

再一次流过

说这话时他眼圈红了

我的眼眶也湿了

我在想

炼铁人与高炉

该是什么样的关系

是高炉的父亲

是高炉的儿子

是高炉的朋友

是高炉的弟兄

都是

都不是

都不是

又都是

炼铁人为高炉而生

高炉为炼铁人而活

他们之间的欢乐

都化为了一炉炉铁水

流过无数滚烫的岁月

卫军民

他真的好像一辆坦克

有军人的身板和气魄

走路风风火火

说话滔滔不绝

腿骨折仅十多天

就拄着拐杖上炉台

伤势没有炼铁重要

高炉里有他的梦想

铁水里有他的欢乐

他说

为了弄懂高炉

当年老父亲为他搞来了

神秘的资料

精髓就是三句话——

观察观察再观察

分析分析再分析

判断判断再判断

他说这就是高炉

稳定顺行的秘密

目的就是

摸清高炉的心思

走进高炉的心窝

听军民说炼铁

如同看高炉出铁

滚滚的铁水

是炼铁人人生最神圣的寄托

看着铁水奔流

是他们最幸福的时刻

军民给我画着图

给我写着化学元素符号

依然滔滔不绝

他一直在说一个观点

我们要和高炉成为

贴心的朋友

高炉才会快乐地

给我们出铁

写于 2016 年 7 月 11 日高烧初愈

2016 年 8 月 12 日发表于《中国冶金报》

2016 年第 123 期（总 6449 期）08 版 副刊

作业长薛小永

二十多个春夏秋冬

你的人生已经与钢铁

相亲相融

作业长是你的官衔

转炉是你的弟兄

你做事的风格

是钢铁的脾气

你说话的语气

是钢铁的响声

你的眼睛

常常布满血丝

那是炉火和你结下的

深厚交情

你的汗水比别人的

要咸涩沉重

那是钢水给你的一份

特殊结晶

钢水滚滚

铸就你和工友们

多少滚烫的人生

炉前烘烤的岁月

映照着你和工友们

炉火一样灿烂的笑容

爱在钢铁

恨也在钢铁

心在钢水

情当然也在钢水

钢水有多柔软

你的心就有多柔软

钢铁有多刚硬

你的性格就有多刚硬

你和钢铁

就是孪生弟兄

喜欢深奥艰涩的诗人

在你面前显得太轻

钟情风花雪月的作家

在你面前显得矫情

他们注定不会亲近钢铁

你更不屑于当他们作品的

主人公

你就是你

你是伟大的

中国钢铁工人

你是从钢花里走出来的

转炉作业区作业长

你铁肩担道义

你铁骨响铮铮

转炉和你人生相伴

钢水和你岁月相融

你属于你钟爱的钢铁

你就是我的

好弟兄

2016年1月22日发表于《中国冶金报》
2016年第013期（总6339期）08版副刊

毛洁成是一位高炉炉长

毛洁成是一位高炉炉长

他和他的工友们一样

钟情于他的汉钢

钟情于他的 2 号高炉

他们的日子

挂满钢铁的风雨雪霜

冷,感受不到寒凉

热,从不在意汗滴在淌

酸甜苦辣成为汉江的

朵朵浪花

满身朴实和憨厚

成为秦巴山的形象

毛洁成是一位高炉炉长

第一次认识他

我就记下了他不高的个子

和清瘦的模样

圆圆的大眼

深陷下去
除了疲惫
好像总有满眼的炉火
在不熄地燃烧
总有铁水
在他的心中
滚滚地流淌

毛洁成是一位高炉炉长
他的名字很容易让我
无限遐想
他浓浓的湖南口音
让我不由得想起
拐过了几道弯的浏阳河
和层林尽染的湘江
他清瘦却精干
如他老家的毛竹
青翠笔直，让我仰望
他总是那个朴实的表情
炉台上的尘灰
似乎老是沾在他
微笑的眼角以及

有些黝黑的脸庞

他一年四季就穿工服

一辆自行车

穿过厂里的道路

穿过他的青春

穿过春夏秋冬

载着他并不丰满和体面的

梦想

我已经断言

他人生的种子

是种在炉台

他最茁壮的脚印

就是在炉台生长

他人生的时光

就是在高炉里燃烧

他最美的笑容

就是在高炉旁绽放

在炉台吃过

在炉台睡过

铁水就是他和工友们

梦中的河流

高炉就是他和大家

心中的月亮和太阳

毛洁成是一位高炉炉长

他疲惫中露出的微笑

和他家乡的杜鹃一样

有淡淡清香

他确实有点瘦

瘦成了他家乡青翠的毛竹

总是端直的模样

他真的好瘦

瘦得利索

瘦得精干

瘦得只留下

钢铁的脊梁

毛洁成是一位

微笑中有些疲惫的

清瘦的高炉炉长

写于2017年8月2日从汉中返回西安途中

炼钢工的眼睛
——读徐禾《炼钢工的眼睛》有感

炉台是自己的领地

转炉是自己的天空

目光在岁月里

丝丝磨砺

眼神在钢水里

点点炼成

炼钢工

让人叫绝的

不是手握

钢钎的威武

而是从钢水里陶冶了

千万遍的

那双神奇的

眼睛

目光,比阳光锋利

比月光深情

日复一日
与钢水交融
"疤瘌眼"是钢花赠予的
特殊的礼物
钢花绽放的人生
浓缩在看炭花的
那双如锥的眼睛——
一勺钢水
扒开渣液
几秒时间
一口说定
没有公差
火眼金睛
淡定从容

炼钢工的眼睛啊
绝顶的眼光
眼光绝顶
"八级工"是时代给予的
最自豪的奖赏
是对那双神奇的眼睛
最崇高的礼敬

在炼钢工的眼睛里

转炉的身姿

总是那么优美

钢水的神态

总是那么灵动

他们的眼睛里

少了许多风花雪月

却多了几处

钢花的风景

每一缕目光

都连着初心

每一个瞳仁

都饱含使命

写于 2018 年 9 月 6 日

中包工

与钢水近在咫尺
和钢水最有感情
眼睛紧盯着钢水
目送它欢快地
流入小小的流孔
让连铸成就着
钢水的梦境

这是多么专注的工作
分分秒秒
都在把钢水迎送
双脚站立
一个又一个班
双眼完成
一个又一个使命
手中紧握工具
春夏秋冬

就是为了钢水

愉快地通行

面前是高温的

炙烤无情

背后是风扇

不停地吹风

厚厚的工装

不是为了体面

汗水诠释着

钢水浇铸的人生

既要耐得住

高温的煎熬

又要经得起

背后的凉风

最理解钢水的炽热

最懂得钢水的柔情

默默无闻的

是流不尽的汗水

映得通红的

是与钢水一样

纯粹而炽热的人生

写于2016年8月30日从龙钢返回西安途中

2016年9月9日发表于《中国冶金报》

2016年第139期（总6465期）08版副刊

三——时光

亲近钢铁

我不愿把你看作

冰冷的赚钱工具

你是我初识的朋友

冷峻的背后

掩饰不了

一片火热的心

拥抱你

我便拥抱了

这个世界日益短缺的

真诚与火热

有时会很寂寞

寂寞得

如秋风刮过

天空空旷

一地落叶

听到你淬炼出的响声

我才坚信

有一种声音

能够穿越这世界的寂寞

每一个音符

都是冶炼而成

理解与不理解

你总归是热门话题

从固体到液体

从液体再到固体

千回百转

不算太长

可是,从冰冷到热烈

有时却如此漫长

足以把时间凝固成死亡

你却不为所困

冶炼如常

轧制如常

刚强如常

让嘲笑与绝望的声音

熔化在不熄的炉火里

我很喜欢久久地

看着你

不论你是矿粉的模样

还是正在蝶变起舞的模样

还是已经规整成型的模样

从料场的诚实朴素

到烧结的热烈沉默

再到高炉的神奇涅槃

再到转炉的羽化成仙

再到轧线的栩栩成型

我在体会世界的神奇

我敬佩炉火的神圣

我时常想抚摸你

不在意你是冰冷还是炽热

我在意你是我的朋友

你的骨头

你的声音

你的品性

你的形象

让我不得不放下

虚伪的尊严

在抚摸你中

变得有一丝高尚

让我拥抱你吧

拥抱你不改初心

拥抱你刚强如一

拥抱你冰冷背后的热烈

热烈造就的冰冷

拥抱你刚性的柔情

和柔情的刚性

你是我挚爱的朋友

我乐意用我的沉默

解读你的沉默

我乐意以你的火热

点燃我的火热

　　2017年7月21日发表于《中国冶金报》2017年第110期（总6634期）08版 副刊

钢城抒怀

走进钢城

我总会有钢水般的感情

滚烫地涌动

那是多么伟大的

冶炼和轧制场面啊

每天都在生产着

无数火红滚烫的

钢铁之梦

传送原料和燃料的

皮带

是那般执着和不停歇

把矿石纯真的诺言

和焦末满腔的炽热

源源不断地

给烧结输送

也许,每一粒矿粉

确实渺小

也许，每一粒焦末

确实不重

可是，它们共同给了

钢铁坚韧的身躯

世界才多了一份

不屈和坚硬

因为含有铁的品质

面对烧结

矿粉才如此

镇静

因为有燃烧的激情

面对炉火

焦末才如此从容

我尊敬啊

钢铁家族的

每一个弟兄

我惊叹

炼铁的高炉

静默而包容

将原料和燃料

有序地聚拢

心与心

在这里汇合

情与情

在这里交融

任一千多度的热风

持续炽热吧

只有高温才能让铁水

滔滔奔涌

我尊敬啊

钢铁人与高温相伴的

伟大劳动

我惊叹

炼钢的转炉

紧张而沉静

兑好铁水

废钢平衡

供氧吹炼

合金交融

几十分钟的冶炼啊

炼就钢的品性

钢水在炉火中涅槃

钢锭在冶炼中成蛹

一炉接着一炉

一梦连着一梦

我尊敬啊

钢铁就是这样

在烈火中炼成

我惊叹

繁忙的轧钢线

如长长的巨龙

让钢坯瘦身

让梦想成型

脱胎换骨的轧制

羽化成仙的重生

把梦想轧成现实

把粗犷轧成细精

是板材

我有我的平整

是棒材

我有我的坚挺

是线材

我有我的柔韧

是型材

我有我的特征

我们共同的名字就叫

钢铁

坚韧和刚强

是我们的本性

我尊敬啊

钢铁人的汗水

就在钢铁中

结晶

走进钢城

我总会有钢水般的感情

滚烫地涌动

这里发出的

是钢铁的响声

这里融汇的

是钢铁人的感情

这里的主题

就是冶炼和轧制

这里的品质

就是刚强和坚硬

我尊敬啊

钢铁就是这样

在烈火中

炼成

写于2013年9月27日—10月7日

钢铁时光

西安的钢材价格

一大早给人惊喜

如黎明站在山顶上的

鸟

在啼着天亮

四野静悄悄

孕育生机

看看《中国冶金报》

为钢铁思量

想想外面拥挤的车流

我有些喘不过气

品时光

希望钢铁是一位

美丽的舞者

时间变得轻飘飘

从开着的窗子飘出

杯子里的水

把关于钢铁的话题

——浸湿

我想起诗歌和钢材

美丽而艰难

想起热火朝天的高炉

炉里是滚烫

炉外是潇洒

今年

钢铁的价格

总在崖边徘徊

想起炉火

我想停止思维

闭上眼

我要举杯

邀一弯明月

照亮今夜的时光

时光

变成石头

一分一秒

有自己的使命

2016年11月4日发表于《中国冶金报》
2016年第166期(总6492期)08版副刊

我爱钢铁

你知道吗
我爱钢铁
因为我对他从比较陌生
已经到非常熟悉
1006 天与钢铁相伴
我已经是钢铁的一员
钢铁就是我的伙计
钢铁就是我的兄弟

我爱钢铁
爱他孕育的不易
矿山是他的本源
勘探队跋山涉水
风餐露宿
才找到铁矿的踪迹
从那一刻起
大自然的沉默就被打破
开拓者用滴滴汗水

融化了铁矿的秘密

没有人知道

鲜血是如何诠释了

矿石的含义

倒下的生命

让沉沉的矿石活跃起来

每块矿石成为

孕育钢铁的

母体

我爱钢铁

爱他生长的不易

矿石粉身碎骨

磁选净化自己

把梦想首先交给烧结

让一千多度的高温

冶炼和熔化

原料与原料结晶

品质和品质亲密

带着不曾降温的热情

向着高炉汇集

默默无语

心存大义

井然有序

坚定不移

所有的准备

都只为了更高的升华

组织起来

才能经受伟大的洗礼

我爱钢铁

爱他冶炼自我的不易

勇敢地走向高炉

接受高温的煎熬和熔炼

让灵魂脱胎换骨

让品质净化归一

抛弃一切杂质

还原真正的自己

品质和杂质分道扬镳

纯真的精神

滚滚不息

我爱钢铁

爱他升华自己的不易

兑铁入炉，冶炼自己

添加废钢，平衡自己

供氧造渣，纯洁自己

脱碳提温，升华自己

出钢脱氧，造就自己

合金炼成，羽化自己

几十分钟的冶炼

炼成了坚韧的质地

钢铁才有了钢铁的品格

钢铁才有了钢铁的脾气

我爱钢铁

爱他成材成型的不易

虽然已经百炼成钢

最后还要在火与水的见证下

完成终极的自己

初轧　中轧　精轧

梦想在轧制中一步步形成

自己在轧制中一次次清晰

把一个方方正正的自己

轧制成无数种形态的

崭新的自己

坚守品格

精神不移

坚韧不变

永远如一

我爱钢铁

爱他艰辛的诞生和动人的经历

从一块矿石到一根钢材

多么遥远曲折的距离

一路汇聚的岂止是

原料、燃料和熔剂

一路结晶的又岂止是

心血、汗水和泪滴

一道工序,就是一次进步

一个环节,就是一次扬弃

涅槃在进步中走向圆满

飞跃在扬弃中显现主题

钢铁的精神就是刚强

钢铁的灵魂就是骨气

我爱钢铁

爱他的纯粹和纯洁

爱他的刚强和刚毅

爱他的坚韧和坚硬

爱他的勇敢和勇气

需要担当

就毫不犹豫地担当

需要挺立

就毫不犹豫地挺立

需要支撑

就毫不犹豫地支撑

需要奠基

就毫不犹豫地奠基

把自己交给

天空和大地

我爱钢铁啊

我和他不仅仅是熟悉

他是我相依相伴的

好伙计

我是他并肩前行的

好兄弟

2015年11月20日发表于《中国冶金报》
2015年第149期（总6303期）08版副刊

2016，钢铁温暖我的心

那是春天

钢铁依旧寒冷

我不忍心听钢铁

那断骨的声音

冰冷刺骨的撞击

如同冰碴

会刺伤我对钢铁的

那份温存

炉火好冷啊

铁水的炽热

也少了几分

烧结是长长的沉默

转炉翻腾着

滚烫的沉闷

轧线轧制着

一段又一段

灼热的疑问

钢铁的明天在哪里

是天晴

还是天阴

产能过剩

价格总是萎靡不振

多少钢铁人的神经

绷得好紧好紧

过剩就需要

壮士断腕

不是所有的花儿开了

就要结果

一个凋谢是为了

无数圆满的

生存

2016,这一年

钢铁走得好艰辛

从春天出发

依然寒意凛凛

走入夏天

一路大雨淋淋

穿越秋天

满是叶落纷纷

步入冬天

寒冷中已经有几分

温存

钢铁啊

在 2016 的岁末

终于听到了

春天温暖的

回音

不再过多地

为价格下滑而忧愁

不再过多地

为一笔贷款而揪心

跨过南北

宝钢和武钢

已经紧紧地拥抱

越过皱纹

今天和明天

已经含笑

相吻

2016，这一年

钢铁的故事

充满曲折和浪漫

钢铁的路途

充满汗水和艰辛

钢铁的表情

绽放着钢花一样的笑容

钢铁的本质

展现着自己坚韧的

精神

2016，这一年

我记住了钢铁的

春夏秋冬

我的心里刻下了

钢铁又一个年轮

我已听到了

钢铁舒展的声音

我与钢铁手拉着手

一路前行

钢铁的一举一动

温暖了我这

钢铁人的心

写于 2016 年 12 月 29 日晚

2017，我有一个梦想

2017，我有一个梦想

梦想我的村庄

像从前一样

热闹繁忙

村头的学校

像从前一样

书声琅琅

土地还是那么朴实

庄稼还是那么茁壮

村头的水渠

还是从前的模样

不时会有一渠水

欢快地流淌

2017，我有一个梦想

水是波光粼粼

山是青翠叠嶂

城市不再疯长发胖

条条道路都是一路通畅

你微笑得自然生动

我幸福得有模有样

我们虽然免不了苦恼

却可以互诉衷肠

2017，我有一个梦想

蓝天蓝得让鸟儿留恋

白云白得让心灵向往

劳动者的每滴汗水

流淌着自豪

阳光照不到的地方

有爱的光芒

照亮

2017，我有一个梦想

海浪已经平静

难民搭乘的船

都平安入港

那个海滩上永远睡去的孩子

祈愿他幼小的魂灵

睡得很香很香

地球上饥饿的人们

不再为一粒粮食

而祈求上苍

不同肤色的姊妹兄弟

都自由绽放着

生命的光芒

2017，我有一个梦想

地球平静安宁

鸟儿自由歌唱

没有霸权

没有歧视

没有屏障

枪炮失声

子弹断气

人类一切的痛苦

已经入库归档

点点弹洞

成为对从前

懊悔的联想

2017，我有一个梦想

我的祖国气清天朗

我们一起撸起袖子

用汗水和智慧

为祖国的大厦

立柱架梁

钢铁的炉火更红

矿井欢快地

翻滚着煤浪

石油以新的方式

滚滚流成河

中国的精彩

在太空自由徜徉

新理念在发芽开花

新土壤在传送能量

新制造在飞快露脸

新智慧在飞速生长

我们可爱的祖国

一切在新　新　新

微信传递着

一个又一个

飞扬的梦想

微博展现着

一个又一个

独特而生动的形象

3D 打印

打印出祖国

最新的模样

云计算

计算着最新的

华彩乐章

2017，我有一个梦想

一群白鸽飞向蓝天

从祖国飞向地球的

四面八方

我们人类是一家人

我们用微笑

传递正义和善良

年岁之未晏兮

时亦未央

我们手拉手

追赶飞驰的时光

劳动　创造　进取

唱着同一首歌

迎接每一天

崭新的霞光

写于2017年元旦

2017年1月13日发表于《中国冶金报》

2017年第008期（总6532期）08版 副刊

2018,钢铁的交响在心中升起

铁矿石

告别群山万壑
把绿色的寂静
划破
古老的石头
在高高的山上歌唱
每一块都是钢铁的
韵律和平仄
从壮怀激烈
到细语呢喃
从高亢沸腾
到婉转缠磨
一切和弦
揉成矿粉
金属般的静默

炉　火

这是交响曲的高潮

音符在炉火中

奔腾跳跃

旋律在炉火中

悠远辽阔

唯有炉火

豪迈地高歌

炉前工的身影

在交响中舞动

开口机和炮泥

尽情地唱和

汗水的声音

小到极致

他让铁水的涌动

把自己淹没

转　炉

浪漫的芭蕾

在高雅的交响中

尽情地翻转

吹氧冶炼的一刻
小提琴深情地响起
醉人的音符
顷刻间化作纯粹的
钢水
从时光的琴弦
漫过

轧　线

金属的声音
如此清脆
乐曲响起的时刻
尘土纷纷抖落
穿过厂房的阳光
被钢铁弹奏成
一副绽开的笑颜
听到这金属发出的声音
夜晚已是
炫亮明丽

2018 年 1 月 9 日发表于《中国冶金报》
2018 年第 042 期（总 6734 期）08 版副刊

大西沟,我向你问好

在这个被雨水打湿的秋季

从情感的起点出发

经过钢铁炉火的淬炼

我的诗句忠诚而飘逸

穿过秦岭长长的隧道

飘起对大西沟的

那份思念和回忆

大西沟矿

我向你问好

你的云雾

缭绕着钢铁人的梦境

你的碧绿

陶醉了多少采矿人

对钢铁的希冀

每块石头

都是亲人和朋友

他们牵动着我

赤诚的足迹

大西沟矿

我向你问好

你蜿蜒曲折的山路

将我的诗引进

商山的逶迤和秀丽

每道弯都环绕在

我的心里

路边的乔木和灌木

应该知道我的心意

蜿蜒奔流的河水

湿润了群山的

热烈和静谧

每块石头

都在歌唱和舞蹈

灵动里透射着

钢铁的神奇

模样是钢铁的模样

纹理是钢铁的纹理

品质是钢铁的品质

坚毅是钢铁的坚毅

这些可亲可敬的石头啊

好沉好沉

沉得让我安慰

沉得让我欢喜

他们是钢铁人的宝贝

我愿久久地

把他们捧在我的手里

那是亿万年地质造化的

聚合累积

他们的血脉里

蕴含着钢铁的秘密

大西沟矿

我向你问好

你的每一块石头

都是我的好兄弟

沉默亿万年

便有亿万年的吟诵

坚守亿万年

便有亿万年的如一

梦想亿万年

便有亿万年的追寻

期待亿万年

便有亿万年的奇迹

采矿人用日月

呼应你的召唤

你开花的过程

我能听到采矿人

滴落的点点汗滴

机器在忙碌

人影在晃动

剥采——

一派壮丽

破碎——

揭示真理

运输——

丈量距离

研磨——

方见真迹

磁选——

纯粹至极

日子在升华

季节在更替

大西沟矿

和他可爱的石头

在歌唱

在弹奏

在舞动

云雾里缭绕着

钢铁的主题

巍峨的大西沟矿啊

我的老朋友

神奇的大西沟的石头啊

我的好兄弟

我把忠实的足迹

留在了你的心里

我用深情的目光

给你一个长长的

敬意

写于2017年9月26日

2017年10月13日发表于《中国冶金报》

2017年第154期（总6678期）08版 副刊

对照钢铁

在钢铁面前
我们都该自卑
你我都缺少
太多的东西

缺少包容
缺少大气
缺少纯粹
缺少刚毅
缺少骨子里应有的
那一份骨气
与钢铁相比
我们有些自私
甚至粗鄙
有些点头哈腰
不是独立的自己
我们不只缺少
钢铁脱胎换骨后的

大度沉稳

不折不移

其实从一开始

我们就输给了钢铁

输得没有了自己

就从矿石说起

我们缺少粉身碎骨

献身的勇气

舍不得破碎原来

品位不高的自己

我们不大接受

把自己打碎

交给球磨洗选

我们总觉得

那是丧失自己

哪里知道

不勇敢地去除杂质

哪能成为品位合格的

崭新的自己

就从烧结说起

如果矿粉讨厌燃料

惧怕高温

嫌弃熔剂

只相信自己是

正宗的钢铁兄弟

就不会把自己烧结成

全新的自我

带着火热与赤诚

与高炉结义

高炉也不会贸然接受

一个没有温度

没有包容

没有大义的朋友

参加一场高温煎熬的

伟大洗礼

就从炼钢说起

如果铁水居功自傲

以为自己经过了

高炉沸腾煎熬的

伟大场面

就可以沾沾自喜

而拒绝转炉的冶炼

如果嫌弃废钢

觉得他不大好看

不大整齐

甚至觉得他

档次太低

如果以为合金多余

增加了融合的麻烦

而且是不一样的脾气

如果以为吹氧也是多余

已经不需要

这微不足道的洗礼

如果这一切都是多余

铁水注定不会升华为钢水

也注定不能成为

理想中的自己

就从轧钢说起

我们缺少轧制自己的

胆识和勇气

总会以为

自己已经是钢铁

自己是钢铁的声音

是钢铁的品质

从里到外已经是

钢铁的模样

不知道我们还太过粗糙

远离现场

远离工地

远离实际

我们还没有彻头彻尾

把自己转化为

实际要求的

那个自己

我们需要铸型

需要从里到外

向需要我们的岗位看齐

唯其如此

我们才会走完最后的

那一公里

把自己轧制成

有声有色

有型有样

有品有质的

理想中的

高尚纯粹

坚韧刚毅

能够承压

敢于献身的

合格的自己

在钢铁面前

我们是该多多自省

和钢铁相比

我们是不是缺少

太多的东西

写于 2017 年 1 月 8 日

给中国"手撕钢"献上我的诗句

给中国"手撕钢"献上我热情的诗句

这是我怀揣已久的心愿

我要给研发和制造"手撕钢"的劳动者

献上最崇高的礼赞

"手撕钢",中国宝武太钢集团

最引以为傲的不锈钢产品

无数"中国制造"中又一个

响当当闪亮亮的高端产品

薄薄的"手撕钢"啊

你是王天翔和他的"钢铁侠"们

汗水与智慧无数次组合

创造的神奇

你是劳动者为共和国交出的

又一份闪光的答卷

711次研发试验,炉火映红了

多少双专注的眼睛

452个工艺难题,伴随了多少

日月星辰，雨雪严寒

175个设备难关，见证了多少

不眠之夜，星光满天

每一次失败，都在为胜利

做着坚实的铺垫

每一次起点，都在坚韧的攀登精神中

顽强地迈向终点

百折不挠，勇往直前

厚度0.02毫米，中国成功了

打破了国外的垄断

厚度0.015毫米，中国登上了

世界"手撕钢"的顶端

就这样，中国"钢铁侠"们

用智慧和汗水

树起了"手撕钢"的中国标杆

用劳动和创造

挺起了"中国制造"的铮铮铁骨

和巍巍尊严

"手撕钢"啊，我想走近你

用深情的目光看一下

"中国制造"闪闪发光的颜面

"手撕钢"啊，我想轻轻地撕一下你

听听"中国制造"独特的声音里

那份神圣和庄严

我要捧一束春天最美的诗句

献给无比骄傲的

中国"手撕钢"

这是我怀揣已久的心愿

写于 2022 年 4 月 12 日—13 日

2022 年 4 月 29 日发表于《中国冶金报》

2022 年第 062 期（总 7567 期）04 版副刊

钢城四季

首先应该有一场雪

钢城的故事

漫天飞舞

伟大和平凡

遍布每个角落

从热闹的工业站开始

一直到从不寂寞的轧线

一路走来

充满神奇和浪漫

粉矿有牺牲的情节

块矿有破碎的经历

球团有凝聚的艰难

焦炭和煤有燃烧自己

成就他人的不易

铁水有还原的痛苦

和奔流的洒脱

钢水有涅槃重生

自我超越的煎熬和

欣喜

汗水不会说话

只会开花

悲伤的事情不会提起

只会雕刻在心里

炉火在热烈地演讲

铁水在滔滔地叙说

转炉在娴熟地舞动

轧线在潇洒地飞越

寒冷在这里

被彻底征服

高温成为挑战的对手

开花的季节很快到来

当春乃发生的事情

以唐诗般的优雅

沐浴一草一木

受到滋润的钢铁

以各自的方式

在舒展地生长

这个时节

钢铁的声音越发清脆

成为春雨弹出的

刚性旋律

炎热的夏天

钢城最难熬

泥土赠予的绿豆汤

浪漫情调的雪糕

有些洋味的冰激凌

都是钢城必不可少的

东西

这个熬人的季节

汗水胜过金子

我忍不住会骂老天

睁眼看看工人弟兄

流汗劳作的情景

还不收敛一下高温的动作

送来一丝凉风

或者干脆痛痛快快地

给钢城一场雨水

好让弟兄们

从里到外凉个爽快

到了风扫落叶的季节
厂里的每条路
都是萧瑟的风景
繁忙的车辆扬起飞叶
钢铁已感到了季节的
绝情
炉火依然
钢铁冰冷
汗水滴落的声音
和秋夜的星光一样
清亮

冬天，钢铁究竟有多冷
问一下腊月的风
问一下天气预报
问一下我的钢铁网
问一下惊心动魄的股市
问一下销售和供应的伙计们
沉郁的表情
总之，零度开始

路上便有暗冰

一场雪后

我伸手抚摸钢铁

好冷好冷

看看日历

立春的节气

已在等候

写于 2016 年 1 月 29 日

谁懂高炉的痛

我不大相信我

我常常不懂高炉的痛

高炉的心思

我至今也不见得能摸清

我就输在我是如此肤浅

只钟情于生动又生硬的指标

而忽略了高炉的深沉

他守着自己的规矩

从不放弃固有的

淡定

我不大相信我

我常常不懂高炉的痛

和我是不是专家并无关系

我和高炉亲近的程度

比不上炉前的弟兄

我量不准高炉的血压

也把不准高炉脾胃的寒热

高炉伤风感冒

与气候关系不大

多半是我们太过自信

其实我们不懂高炉的痛

我不大相信我

我常常不懂高炉的痛

我太过关注

高炉滚滚出铁的样子

却常常忽视了他

心气不畅

心脉不通

萎靡不振的曾经

是我不懂高炉的心

常常忽视了给他一个

心平气和天地相通的

心境

我不大相信我

我常常不懂高炉的痛

与高炉相比

我多了一分狭隘

少了一分包容

多了一分焦躁

少了一分淡定

多了一分固执

少了一分辩证

高炉是一位先生

我只能是一个学生

我不大相信我

我常常不懂高炉的痛

我看似懂他

其实更多的时候

我不懂高炉的心性

高炉满腹经纶

他深谙那些

比铁矿石还要古老的经典

而我肤浅得只会用数据

编织梦境

我不大相信我

我常常不懂高炉的痛

高炉年轻而古老

古老而年轻

我需要从现在出发

沿着高炉的足迹

寻根问祖

跨过早已熟悉钢铁的明清

跨过热火朝天的大唐

驻足铁器灿烂的汉朝

端详高炉的祖先

从点点遗迹中

体味高炉的智慧

和冶铁的哲理

我相信我会慢慢懂得

高炉的痛

2016年8月26日发表于《中国冶金报》
2016年第131期（总6457期）08版副刊

阿波罗未来城是一曲壮美的交响乐

——写给中国二十冶集团深圳公司

阿波罗不是一个神

不是从古希腊来的访客

阿波罗未来城

是一个美丽神奇的创造

他属于二十冶

属于深圳

属于中国

在地下构筑城市的梦想

为鹏城抒写一曲

壮美的交响乐

用心塑造地球

一天也不耽搁

六舱综合管廊

把城市的未来

梳理、安排和浓缩

水,请你在这里归队

电，请你在这里放弃自我

气，请你在这里立正

通信，请你在这里遵守规则

我们都在管廊里集合

我们就从管廊里出发

通向美好的未来

连接多彩的生活

顺着壮美的管廊

阿波罗走向海绵之城

走向数字之城

走向智慧之城

阿波罗通向太阳岛

通向月亮河

通向属于这座城市的赞美诗

通向属于中国的交响乐

阿波罗不是一个神

不是从古希腊来的访客

阿波罗未来城

是一个挑战未来的神奇创造

他属于二十冶

属于深圳

属于中国

智慧在这里荟萃

梦想在这里起航

中国二十冶人的汗水

正在绽放成

鹏城最灿烂的花朵

写于 2019 年 11 月 16 日

2019 年 11 月 22 日发表于《中国冶金报》

2019 年第 175 期（总 7095 期）08 版 副刊

四——春天

钢铁，向着春天

这个冬天真冷
零度以下
伸手抚摸钢铁
如同抚摸一块厚厚的冰
每走一步都会提心吊胆
因为我们怀揣着一个
钢铁的梦

雾霾很重
看不见
日出江花红胜火
看不清
高楼近在咫尺有几层
在这个寒冷的冬季
我能看到的还是
我们钢铁的模样和
炉火的表情

黄河从钢厂的身旁

汹涌流过

滔滔浪花还能记得

那激情燃烧的

每一份感动

建高炉时的热火朝天

铺电缆时的统一行动

搞竞赛时的你追我赶

攻指标时的你吵我争

老工人整理废旧物品

不愿丢弃一颗螺丝钉

老劳模把班上的事情

看得胜过自己的生命

老工程师为我们能生产

第一炉钢

熬过多少不眠之夜

老厂长在困难时候

雷霆般地发问：

"三个月不发工资还干不干！

半年不发工资还干不干！"

如今人已去了

他的话还掷地有声

这一切是昨天的事情

是曾经的曾经

炉火把一点一滴的记忆

映得通红

今天

尽管天气很冷

秦岭和巴山在看我们

黄河和汉水在听我们

看我们如何度过这少有的

钢铁寒冬

听我们在寒冬里

破冰的回声

看我们是怎样的态度

听我们是怎样的动静

我们不能静观坐等

我们不能回避绕行

我们需要捧出一颗心

给钢铁一个纯洁的

忠诚

我们需要拿出一份力

给钢铁一个斩钉截铁的

春天

行动

我们要让上下班的人潮

一如既往地涌动

我们要让钢铁的炉火

把每个日子

映得更红

只是，我们不能重复

昨天的故事

我们不能重温

逝去的旧梦

我们要创新

我们要协调

我们要绿色

我们要开放

我们要共享

我们要圆一个崭新的

钢铁之梦

一场雪后

春天越来越近

料场在为钢铁铺垫

又一个春天

他们要在今天

为未来输送

他们要把冬天和春天

在这里联通

原料在融合中

保持着沉静

紧张有序

日夜行动

充分混匀

一刻不停

怀揣钢铁梦想

一切原料集合起来

踏上春天的征程

烧结不改初衷

坚持风温

坚持粒度

坚持性能

永远坚信

高炉的春天

就是烧结机穿越冬天

在紧张地完成着

争分夺秒的输送

高炉啊，高炉

我们爱着你

爱你大度有容

我们守着你

守你心中有梦

我们盼着你

盼你激情燃烧

我们盯着你

盯你铁水奔腾

我们把季节归于你

我们把心思交给你

我们追求着你的

最高境界

那就是

燃料比在稳稳地下降

利用系数在稳稳地上升

数九寒冬

我们始终时刻追求

安全稳定顺行

转炉啊，转炉

透过屏幕排列的数据

我已经看到了

你熔炼冬天的果敢和剧烈

铁水在这里变得纯粹

杂质在这里无处遁形

真正的品质在高温下升华

孕育的钢坯在百炼中形成

谁说冬天就是冬天

冬天分明是春天的先遣

冬天就是春天的前奏

轧钢机啊，轧钢机

听你有节奏的声响

我的内心就在涌动

你响得脆亮

你响得铮铮

加热

让钢坯做一次告别

初轧

迎接对自我的塑型

从外到里的痛苦

成就一个新我的诞生

轧，再轧

棒材有棒材的品质

线材有线材的个性

型材有型材的模样

板材有板材的平整

脱胎换骨

玩的就是生命

春天的到来

从来就不轻松

这个冬天真冷

伸手抚摸钢铁

如同抚摸一块厚厚的冰

雪花中

我惦记着料场

我惦记着烧结

我惦记着高炉

我惦记着转炉

我惦记着轧钢

我还惦记着销售和供应

我惦记着数据背后的

一人一事

有我的高兴

也有我的心痛

我惦记着工人弟兄

粗糙的手捧给企业的

那份忠诚

为了告别

我们就唱那首《大约在冬季》吧

大约在冬季

我们出发

怀揣钢铁梦

在雪花的伴随下

越过山顶

向着花开遍地的春天

前行

2016年2月26日发表于《中国冶金报》2016年第029期（总6355期）08版副刊

春天，我不知如何来写你

天亮之后

又会看到许多

摇头的芽芽

和初开的花儿

春天的故事

每天都在不知不觉中

发生

清早醒来

万物一新

我最苦恼的是

面对日益青翠的枝条

和忙着绽放的花儿

真不知道如何描写

春雨总比词语

湿润和干净

绽放总比凋零

欣慰和鼓舞

打动我心的永远是
叫作春天的季节
和用作冶炼的
炉火

天要亮了
春天在无声地忙碌
要伸枝
要发芽
要开花
要生长
要让世界多些温暖
要让生活多些色彩
高炉正放开出铁
转炉正紧张冶炼
轧线也正一刻不停地
轧制切割
春天的主题就是
花朵与梦想
就是生生不息
不可阻挡的
一种力量

打开窗户

看着雨后清新的天地

我不得不说

春天啊

我不知如何来写你

  2017年3月31日发表于《中国冶金报》2017年第048期（总6572期）08版副刊

冶炼一个响当当的钢铁春天

春天快要来了

枝条已经准备好了

新的行程

叶子在窃窃私语

阳光出来的时候

他们要出门上路

给世界一个

碧绿的

精彩亮相

炉火啊

你尽管专注地

燃烧吧

春天来了

我们要武装自己

我们要冶炼金属

把时光和梦想

把夜晚和白昼

把矿石和废钢

把不可缺少的东西

交给你

我们一起冶炼一个

响当当的

钢铁春天

春天来了

我们一起动手

擦亮天空

让太阳的光芒

扫过钢城的

一草一木

一物一件

让炉火因春天而

更加高兴

让铁水因春天而

愈发欢腾

在这个一切都可以

生长的季节

我们用再朴实不过的

劳动

让钢铁发出春天般

豪迈的响声

春天来了

我们繁忙起来

在这万木萌生的

葱茏季节

我们要埋头冶炼

冶炼汗水

冶炼时光

冶炼情感

冶炼信仰

冶炼忠诚

冶炼梦想

把这些神圣的元素

集合起来

炼成春天的枝条和花朵

炼成流水石头和阳光

炼成属于我们自己的

锃亮亮响当当的

金属

春天来了

天空要辽阔自己

鸟儿要飞翔自己

枝条要伸展自己

花儿要开放自己

万物要生长自己

我们是钢铁人

我们要冶炼金属

我们要武装自己

2017年2月10日发表于《中国冶金报》

2017年第020期（总6544期）08版副刊

春天里,我去了趟龙钢

天气还有点微凉

温暖的感觉

已深入我的心脏

春天明白无误地来了

铺开了泼墨的纸张

驾着春风

车行进在黄河边上

我去龙钢

感受春天里

钢铁的模样

路边的枯草

将成为记忆

厂里的条条道路

都似春天播种般的繁忙

人与车辆

是春天钢城的风景

转型的项目

要动土开工

树的枝条

憋足了劲

要实现发芽的愿望

张张笑脸

构成钢城春天

最生动的形象

远处的黄河

在翻卷流淌

春风吹动我

从未冬眠的遐想

我自然会想起钢铁伙计

一个又一个

朴实而生动的

钢铁形象

那位敦实的炼铁厂长

他的春天

就是让炼铁的故事

永放光亮

那位个子不高的

高炉炉长

他的春天

就是让炉火烧得

更红更旺

他的微笑和铁水一样

痛快酣畅

那位高个子的炼钢厂长

执着而冷静

他的春天

就是把一个个日子

冶炼成太阳和月亮

那位说话和钢锭一样

响当当的工长

他是让我们骄傲的全国劳模

他的春天

就是让钢铁人的梦想

在春风里高高飞翔

还有那神情专注的

中包工

他们的春天

就是让钢水欢快地

流淌

还有那个戴眼镜的

轧钢厂长

他的春天

就是让钢铁长成枝条

生出叶子

开出花朵

四季飘香

春天里

我去了趟龙钢

向东望去

远处黄河水泛着

粼粼春光

龙钢的春天

最先让我感到的

是来自黄河岸边的

春风

她传递着温暖的力量

在这最适合撸起袖子的季节

冶炼会变得更加庄严

钢铁的声音和春天一样

清脆明亮

写于 2017 年 2 月 18 日凌晨

相约在春天

春天说来就来了
花儿说开就开了
像炉火映红日子
像铁水漫过岁月
我们在春天相约
这实在是一件
无比美好的事情

穿越冬天幽长的隧道
漫山遍野的花儿
在等候
走出风如针刺的长夜
炉台上的阳光
在等候
我们带着花香
与豪情万丈的炉火
在春天里相约
这是无比美好的事情

只怀揣钢铁

只想念和钢铁终生厮守的

哥们儿姐们儿

只品味和钢铁有关的情节

情感的行李包中

离不开矿石铁水和焦炭

带上花儿和微笑

现在就出发

沿着《诗经》梦幻般的句子

去踏一片汉唐圣地

我们围坐在《史记》周围

让久远的故事

拍打我们的心魄

这实在是一件

无比美好的事情

古老的声音

有钢铁的回响

大河之水

就在钢铁的身后流淌

沉睡已久的农具和器皿

在春天里苏醒

不只是石头的跃动

和陶器的腼腆

还有钢铁淬火的声响

一同穿过厚厚的史书

站立在我们面前

喜笑颜开

我们唯有抚摸和感动

此刻,春天遍地都是

花儿随处可见

我们一路向南

在南山之南

油菜花开的地方

汉水在迎候

从三国而来的钢铁

一路征尘

依然光亮无比

与我们会面

话说沧桑

竹子青翠

稻子清香

我们谈论钢铁

谈论逝去的戈矛戟钺

历史的满腹惆怅

都有钢铁的影子

在闪亮

炉火已经熊熊了好久

幽远的声音

回荡成这个春天里的

鸟语花香

我们一路向北

北国之北

沿着那条饮过无数战马的延河

踏上一片圣地

再一次品读

初心的模样

听淳朴的小米

解读革命的营养

听庄严的窑洞

讲述满天繁星

和一轮太阳

我们还原过去的

雨水和雪花

让团结紧张的脚步
在耳旁回荡
把严肃活泼的笑声
在灵魂的深处
收藏
我们静静地用心
再掂一下
"为人民服务"
这五个字的
重量

像炉火映红日子
像铁水漫过岁月
春天说来就来了
花儿说开就开了
遍地都是春天
到处都是花儿
我们相约在春天
这实在是一件
无比美好的事情

2018年3月30日发表于《中国冶金报》
2018年第048期（总6770期）08版 副刊

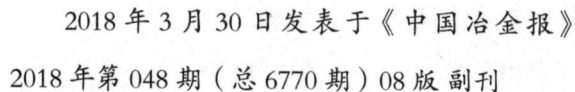

春到人间

在木王和一场雪相遇

与一场雪相遇
这是多么美好的事情
秦岭深处一个叫木王的地方
就这么不动声色
完成着洁白素净
睡了一冬的杜鹃
眼看着就要醒了
雪雾苍茫,天地无言
唯有雪花在浪漫,干干净净
此刻,漫山的乔木和灌木
肃然静候,一石一物
正在升华为风景中
圣洁的意象
举步而行,踩雪的声音
轻叩心灵
春,真的要来了
雪花盛大而热烈地相迎

新星村的脚步早早踩进了春天

正月初五,邓耀林便从西安回到了

秦巴山深处的汉阴县新星村

回到了属于他的路他的山

陌生了城市的喧嚣

熟悉着村子里的每一张笑脸

驻村帮扶,他已进入第八个年头了

寂静中孕育热烈

冬天里蓄势春天

年前,出栏的牛和羊的身影

依然清晰可见

还有黑腿鸡,红红的鸡冠

点燃了山村的黎明和夜晚

透过洁白透明的拱棚薄膜

大棚菜绿绿的叶子

开始接受新一年阳光的照耀

瘦高的邓耀林,怀揣的梦想

已远远高过了新星村

房前屋后的大山

赶在雨水之前,山村的脚步

早早踩进了春天

春天已站在了西直沟村的山峁峁上

春天总是这样

最先从每一孔窑洞里

走出，亮亮堂堂

这里是陕北绥德县义合镇西直沟村

尽管天气还有点冷

但其实，春天已经站在了

村后的山峁峁上

驻村干部郭爱国和他的同事

用五个春天的时光

让六百只山羊成为一群

落在地上的白云

他黝黑的面庞时常会绽放

春天一样的笑容

年前，他要离开西直沟了

山峁峁上羊圈里的那些山羊

望着他的背影，深情地叫

他们亲手建起来的粉条厂

默默无语，回味他

五年密密麻麻的脚印

他带走了乡亲们的情谊

把完整的春天
留给了西直沟的角角落落

麦子已经起身了

如同花儿和蝴蝶
构成天然的默契一样
春天和麦子
是心心相印的好兄弟
最后一场雪后
麦子便整装待发
春风一到,春雨一来
便起身上路,忘我地成长
早晚的露珠只是装点江山
成熟才是须臾不可耽误的使命
绿油油,全部的本色不断呈现出来
使劲长,不辜负这大好时光
不需要吟诵那些耳熟能详的
唐诗宋词
亲切的诗句
就是这呼应时令的庄稼
好了,我顾不上聆听品味
普天之下的鸟语花香
只倾情于在拔节中奔向成熟的

麦子的音韵平仄
每一棵麦苗都是
最美的歌者

院子里的白玉兰就要开了

雪后，我着意去看了看
院子里那两棵白玉兰
清清爽爽的枝条，挺着无数
含苞欲放的骨朵儿
千万年不改初衷的本真
她们的姿态冷静而沉着
在蓄势，在等待
时刻准备着
迎接一夜春风如痴如醉的
相拥，香吻
春风到来的那一刻
便尽情绽放，梦想成真
白玉兰啊，白玉兰
白过了雪山，白过了白云
灿烂从来不语
圣洁从不染尘

写于 2022 年 2 月 20 日

春天来了

雪是最美的使者

清早起来,窗外大雪纷飞
这是大自然神奇的精灵
这是对高洁与自由绝美的赞歌
用晶莹剔透雕刻一朵朵白莲
用超凡脱俗演绎人间的圣洁与洒脱
天使一样的洁白轻盈啊
菩提一样的大悟大彻
这应该是世界的本来
高洁中静美,静美中高洁
一夜之间,世界鸦雀无声
只有晶莹洁白的雪花优雅地叙说
给纷纷扰扰的人世以安慰和快乐
我们已经属于大片大片的雪花了
灵魂随着她自由自在地欢腾跳跃
雪花里,大河豪放成不羁的奔涌
山峦奔腾成起伏的巍峨
草原是铺展开来的辽阔圣洁

森林坚守着洁白的挺拔和静默

纷纭的杂念已经逃逸

汹涌的波涛已经退缩

哄乱的嘈杂还原成安静

大地的裂隙已经悄然弥合

人们绽放出雪花一样的微笑

静望天空飞来一群白鸽

快乐,快乐

雪花,你是最美的使者啊

你把过往的岁月默默地覆盖

你以舞者的优雅

迎接春天的山河

钢城的春天是熊熊燃烧的炉火

钢城,总是这么生机勃勃

在这里,钢铁脆亮脆亮的声音

是迎接春天的交响乐

炉火并不陌生

他一直燃烧在诗人情感的山岳

钢铁的世界里,谁能否认

炉火始终是骄傲的王者

他神圣,浪漫

他昂扬，执着

他熊熊燃烧，冶炼着

春天的中国

所有的日子都是通红通红

生生不息，欢腾跳跃

在炉火爽朗的笑声里

春天说来就来了

一场春雨拉开了崭新的岁月

铁水奔流，钢花盛开

蓬勃的火焰

成为最美不过的诗句

每一句都跳动着

春天的欢乐

说到春雨，我的心瞬间便湿了

说到春雨，我的心瞬间

便湿了。这是大自然

最美最美的馈赠

天地焕然一新

春雨两个字湿润温和

充满少男少女的青春气息

淋一场春雨，便是和春天

来了一次醉心的拥抱

那一刻，该发芽的
已经发芽，该开花的
也已经开花
鸟儿的叫声已被春雨打湿
虫子细碎的脚步，默不作声
却满是欢快
它们回味冰雪远去的背影
回头已是江山锦绣
春暖花开
蝴蝶与蜜蜂开启了
全新的忙碌，季节已经变换
春天真的来了

琼熙茶园的茶花已含苞待放

在汉中勉县，春天已经初露端倪
一个叫毛坡山的地方
山山相连，铺展开起伏的春韵
琼熙茶园漫山遍野的茶树
一层一层，缠绕着山坡
如同绿色的围裙
蜿蜒律动，清气醉人
每一根枝条，抖擞着精神
每一片叶子，萌发着清新

春天就是这样,如少女的脚步

轻捷柔美,委婉动人

沿着隐隐的茶香

春天已迎面而来

我们怀揣钢铁与炉火

早早走进茶山,走进春天

鲁琼是茶园的主人

此刻,这位茶山美女

一笑一语,洋溢着

春的韵律和韵律里的春

翠青碧绿的茶树上

轻薄的雪,条条片片

似有似无,似盖似露

成为残损的美和美的残损

这一切,构成了春天

清爽圣洁的灵魂

毛茸茸的新芽,已开始努力

白鼓鼓的茶花期待着

接受春雨入心入骨的滋润

鸟儿对着天空和大地鸣叫

春来茶园,山川一新

写于2022年12月25日上午

五──情怀

听到钢铁的声音我会忘却一切

越是夜深人静

星星越是有明亮的神情

漆黑的地方

充满梦想

明亮的地方

沸腾着忙碌的响声

紧张

高亢

清脆

激荡

让时光不能安于沉静

有梦想就要撒向天空

钢铁的声音

就是春天里

竞相发芽开花的壮丽

就是炽热里

汗水飞溅的激情

听到钢铁的声音

我会忘却一切

忘得一干二净

忘却功名利禄的嘈杂

忘却孤芳自赏的宁静

忘却失去重量的沉默

忘却轻如鸿毛的叹息

听到钢铁的声音

我会对日月豪情奔放

我会与时间直率相争

我钟情车来车往的繁忙

我挂念炉火映照的表情

我期待料场蓄势待发的力量

我敬佩烧结缓缓送去的精灵

我仰望高炉的高大和神圣

我凝视转炉的沉着和灵动

我叹服轧线把无型的岁月

轧制成有型的人生

听到钢铁的声音

我会忘却一切

只钟情钢铁的事情

只在意钢铁的感情

只结缘不熄的炉火

只结识钢铁的姊妹弟兄

只动情钢铁的酸甜苦辣

只聆听钢铁的

每一个声响

2017年4月21日发表于《中国冶金报》

2017年第059期（总6583期）08版 副刊

我对钢铁有一份牵挂

我总想去龙钢看看

没有半点做作和虚假

六个春夏秋冬

我对钢铁有一份牵挂

我总想看看他

看看工业站新修的轨道

延伸着钢铁的梦想

迎接远方的归来

或者欢送一次次

充满希望的出发

我总想看看他

看看料场是否堆得很满

风是否还那么大

看看那些形态各异

本质相同的原料

冷静地准备去

粉身碎骨

凤凰涅槃

要把自己开成

灿烂无比的

钢铁之花

我总想看看他

看看厂里的每条路

是否保持着应有的

那份干净

来往的车辆

是否已经

没有一点抛撒

路边的每一株草

是否绿得开心

每一棵树

与钢铁相伴

是否保持着和钢铁一样的

挺拔

我总想看看他

看看烧结区台车的

冷静表达

听相里军红讲述烧结的故事

和他工作受伤的情景

我好想再握握他的手

再感受一次他微笑中

升起的高大

我总想看看他

看看高炉至高至圣的形象

看看炉况有什么变化

看看军民冯伟和那些

可敬的钢铁弟兄

如何谈论高炉的

寒冬腊月和

酷暑盛夏

在我的眼里

高炉就是他们

最富有意义的人生八卦

他们才是高炉

真正的朋友和伙计

他们能把准高炉的脉搏

能看透高炉的

每一个表情

能听懂高炉的

每一次说话

我总想看看他

看看全国劳模薛小永

听他钢铁一样铿锵的声音

会让我的诗句变得豪迈

而不失风雅

因为结缘钢铁

我的诗少了许多矫情

多了几分对钢铁的

牵挂

我想看看炼钢的领头人

王建祥和黄素华

看看他们与炼钢的工友

如何创造和延续着

转炉的神话

炉内炼钢

炉外炼人

这用一炉又一炉钢水炼出的

金属般的句子

经得住时间的磨损和摔打

如何用钢铁的纯正刚强

写好人字的

一撇和一捺

转炉做出了

最好的回答

我总想看看他

看看轧钢线忙碌的

每一个身影

如同跳动的音符

在歌唱春秋冬夏

排排轧切成的螺纹钢

如琴弦

弹奏着分分秒秒

弹奏着风雨雪花

弹奏着星光月夜

弹奏着滴滴汗珠

弹奏着丝丝白发

弹奏着钢铁神话

在高温的炙烤下

钢铁在不知疲倦地

歌唱和弹奏着

每一个火红的

朝霞

我总想看看他

看看马兰志愿服务队

如何把侠骨柔情

在钢铁的世界里

尽情播洒

看看那位叫李水丽的办事员

那次简短的发言

如何成为钢铁人价值的砝码

"龙钢就是我们的家

企业困难我们理解他"

一句话让我见识了

什么是平凡而伟大

我总想看看他

看看钢铁默默无语的发芽

看看钢铁滚滚奔流的浪花

看看钢铁去杂归一的纯粹

看看钢铁有骨有情的风雅

看看钢铁有型有样的风范

看看钢铁有声有色的伟大

真的，我总想看看他

因为我对钢铁

总有一份牵挂

写于 2017 年 8 月 29 日

惦记高炉是一种习惯

惦记高炉是一种习惯
午夜看着书
我想起了高炉
想起他好大的肚量
看似默不作声
滚滚的铁水
却始终如一
充满着激情
汩汩喷涌

惦记高炉是一种习惯
高炉可以让我的大脑
变得异常简单
只有高温和高产同行
只有铁水和汗水相融
高炉可以让我的世界
变得异常精彩
出铁口开了又封

封了再开

就是为了铁水奔流的场景

交替上演

一曲接着一曲

一梦连着一梦

惦记高炉是一种习惯

想起年轻的炉长

想起三个八〇后组成的班子

我的内心如同炉前

吹来一缕凉爽的夜风

是该安慰和自豪

高炉已经是青春的高炉

明天注定比今天年轻

2016年8月26日发表于《中国冶金报》
2016年第131期（总6457期）08版 副刊

看望高炉

在这个炎热的夏天

穿越一百种想象

去看望高炉

心中总有一份

对炉火的挂念

高炉,你可好吗?

我来看望你

看望你的炉火与铁水

看望熟悉的伙计们

被汗水洗过的

一张张笑脸

每天清晨

世界还是一片安闲

我会打开微信

走进一片满是钢铁的

家园

这里静谧而热烈

钢铁在握手

钢铁在拥抱

钢铁在亲密

钢铁在交谈

数字与数字微笑

笑脸与笑脸搭讪

我们都是钢铁脾气

有着属于自己的

地和天

高炉，我总少不了

对你关注和挂牵

看用数字描绘的

你的产量

你的利用系数

你的燃料比

你的入炉品位

还有烧结矿

和那总让人操心的焦炭

这些是你的表情

也是你的内涵

他们构成了你的

日出日落

春夏秋冬

他们就是你每天的

痛苦或者笑脸

穿越秦岭长长的隧道

我来看望你

汉钢的高炉

我亲爱的伙计

站在你的面前

我甘愿渺小

甘愿无言

任凭汗水湿透我

矫情的衣衫

我和以往每一次一样

注目你

注目豪爽无比的出铁口

注目骄傲奔流的铁水

和欢腾的火焰

就在注目的那一刻

我沉寂的灵魂

被瞬间点燃

狭隘猥琐甚至可笑的聪明

被你的高大淹没

被你熊熊的炉火

情怀

171

燃烧成灰烬

飘散

我如何也不能和你的高大

比肩

我明白

庄严只有让炉火升华

纯洁只有靠炉火冶炼

这便是我看望你的本因

也是我注目你的

缘由

汉钢的高炉

你好高啊

烈日炎炎

我来看望你

我和钟情于钢铁的伙计们

看望你

和工友们握手

就是和你握手

和工友们笑谈

就是和你笑谈

工友们的表情

就是你的表情

工友们的笑脸

就是你的笑脸

你奔流的铁水

就是我们奔流的

岁月

你燃烧的火焰

就是我们燃烧的

生命

高炉,我来看望你

任凭汗水湿透我

矫情的衣衫

我很在意你

容不得好久不见

因为我对你有一份

真挚的爱恋

写于2017年8月2日清晨

2017年9月1日发表于《中国冶金报》

2017年第134期(总6658期)08版 副刊

这些温暖而骄傲的名字
——写在新中国成立70周年之际

解 放

这是一个改天换地的词语

枪林弹雨之后

一个伟大的声音

在天地之间

昂然响起

一群白鸽飞向蓝天

东方日出

万众欢喜

崭新的历史

从此开启

这是一个从无到有的

汽车的名称

1956年7月13日

驶进共和国的记忆

"第一汽车制造厂"七个繁体字

一笔一画如刀刻一般

刚劲有力

十五岁那年春天

第一次看到解放牌卡车

开到我们村里

觉得柴油的味道

好香好香

占领了一个乡村少年的记忆

觉得那方形的车头

是一种冲锋的架势

时刻准备着

把道路开辟

这是军鞋的名称

拥有磨不透的

橡胶鞋底

我压根就觉着

它和枪林弹雨有关

是从长征一路而来

见识过围追堵截

见识过雪山草地

小时候渴望有一双

这样的鞋

始终不渝地坚信

穿上它便有一份骄傲

可以跋山涉水

可以披荆斩棘

东方红

一首歌

在一个清早

从陕北佳县的一座山头

高唱起来

唱红了天

唱红了地

如陕北硕大的红枣

甜在人的心里

音符沾着庄稼的晨露

歌词带着千千万万人的

虔诚和敬意

低头吃草的羊群

抬头品味这充满庄稼味的

高亢声音

金黄色的向日葵

转过头来

绽放出朵朵欢喜

一个音符

就是一片霞光

穿越时空

普照大地

大庆油田

是铿锵而来的受阅方队

把一个大国的威武汇集

是壮美的进行曲

把亿万人的心潮涌起

这个时刻注定不同寻常

每一个多彩的瞬间

都在阐释永恒的含义

从天安门升起的声音

跨越千山万水

响彻千里万里

这是一种精神

在风雪严寒中磨砺
与石油紧紧地相连
展现着别样的壮丽
大会战
战天斗地的故事
与石油一同喷涌
要把贫油国的帽子
甩到太平洋里
只为祖国争口气
为制服井喷
跳进水泥浆池子里
这就是铁人王进喜
"宁肯少活二十年
拼命也要拿下大油田"
气壮山河的誓言
在奋斗者的史册里
巍巍耸立

宝成铁路

这是一条穿山越岭
执着铺成的铁路

沿着李白的《蜀道难》

向南奔去

穿过一山又一山

越过一水又一水

绝壁石洞

温暖着建设者生活的

朝朝夕夕

一山又一山的山路

至今回荡着筑路者的

沸腾与静谧

与劳动有关的声音

响亮豪迈

激荡交集

热火朝天

此起彼伏

秦岭和巴山

相望而笑

让蜿蜒盘旋的轨道

携起了手臂

密集的汗水打湿了

春天的梦想

虫子的叫声

终于不再孤寂

《夜走灵官峡》的灯火

永不熄灭

照亮了一个时代

逢山开路遇水架桥的

壮美记忆

两弹一星

这是一个大国的骄傲

这是一个民族的骨气

一批忠贞不渝

赤心报国的人

甘愿几十年隐姓埋名

为了完成一个

宏大的工程

鲜为人知的故事

与大山深处的乔木和灌木

一样葱郁茂密

无法言语的奉献和牺牲

感动着大漠戈壁

二十三位元勋和无数

默默无闻的人

为共和国

树起了一座巍巍丰碑

中国力量

大国重器

南京长江大桥

这是一座中国人自己设计

自己建造的大桥

成为一道独特的风景

七十米高的桥头堡上

雕塑的红旗

深深刻在人们的心里

"一桥飞架南北

天堑变通途"

伟人的诗句

让浪花欢喜

让鱼儿惊异

九根在滔滔江水中

屹立的桥墩

把一个民族的志气

高高架起

无数的钢梁和螺丝

无数的构件和材料

在自力更生艰苦奋斗中

组合汇集

共同咬定了一个信念

争气

鞍 钢

这个名字如此熟悉

上初中时便刻入我的脑海里

"鞍钢宪法"

"两参一改三结合"

那是中国人自己创造的管理

一个从过去走来的钢铁企业

新时代焕发出勃勃生机

阳光照进高高的炉台

炉火炼出自豪和笑意

鞍钢两个字

每一个笔画都展示着

钢铁的硬度

无数的产品都含有一种

特殊的合金——

中国骨气

天 路

这是一首高亢壮美的歌

这是一条从天而来的路

直奔青藏高原而去

是舞动的长龙

是神鹰的羽翼

穿越云雾缭绕的神话

揭示无与伦比的神奇

体会牦牛的沉着安闲

领略藏羚羊的机敏美丽

高寒

冻土

无人区

——低头

一条天路

就此成为永恒的风景

与青藏高原融为一体

听到列车长长的鸣笛

布达拉宫在微笑

雪山在致礼

青稞酒的醇香

久久地在天路上

弥漫

三峡大坝

用非同寻常的自信

筑起一座非同寻常的大坝

蓄水位一百七十五米

这是一个民族与水较量的

高度

智慧深不可测

波涛汹涌的大江

被驯服成夺人耳目的风景

"高峡出平湖"

伟人的诗句

已是微笑的

层层涟漪

深 圳

当然不是"深川"

又当然和"川"不能没有关系

是归向大海的河流

是打开闸门的水系

四十年创造了一个又一个

令人震撼的奇迹

四十年面朝大海

总是春暖花开

香溢四季

创造了一种速度

三天建造一层楼

让多少人不可思议

创造了一种理念

时间就是金钱

直击要害

把人们并不在意的抽象成本

换算成可数可点的具体

一语中的

诠释了分针和秒针旋转的

价值和意义

深圳是一座

非同一般的城市

开放

时尚

前卫

魔幻

是一种标识清晰的象征

是一杆迎风飘扬的

旌旗

港珠澳大桥

这是一座非凡的跨海大桥

实在是很震撼

很震撼

是海上跃出的蛟龙

迎风踏浪

云里雾里

是抛向海上的彩带

多姿多彩

浪漫飘逸

是中国唱给世界的

一支悠扬的歌曲

在大海飞扬

是在大海中矗立的雕像

永远威仪

港珠澳大桥

架起的是

自信与自豪

延伸的是

骨气和志气

雄安新区

雄心的"雄"

安定的"安"

千年大计

国家大事

一座新城如东方红日

正在冉冉升起

白洋淀的水充满欢乐

鸟儿不断衔来

喜人的消息

新的理念

新的构想

一定有荷花高洁

一定有翠竹正气

一定有兰草清雅

一定有海棠美丽

一定有红枫热烈

一定有杨柳旖旎

春风夏雨

秋叶冬雪

自然而然在进行着诗画般的

轮回交替

鸽子和云彩比翼

歌声已经响起

雄安，您好

奋斗者的智慧和汗水

把新时代大国的壮美故事

深情演绎

仰望

畅想

期待

诗和远方

就在这里

写于2019年10月4日

2019年11月8日发表于《中国冶金报》2019年第167期（总7087期）08版副刊

我们之间有一份长长久久的情
——观第三届丝博会有感

螺纹钢和他的兄弟们

在展台上齐刷刷呈现

与参加丝博会的人们

互为风景

我仔细地注目

拿起来抚摸

细细地端详

好个禹龙牌螺纹钢

好个禹龙牌盘螺盘圆

好个禹龙牌棒材线材

湛蓝蓝的你们

笔挺挺的你们

刚硬硬的你们

坚韧韧的你们

我曾经的伙计

永远牵肠挂肚的

朋友

看看你

好侠骨的钢铁帅哥

好靓美的钢铁少女

看着你

我有一种激动在升腾

抚摸你

我有一种亲切在汹涌

贴在胸口怕人笑话

就紧紧地把你握在手中

握那么短暂的一会儿

一切无法言表的感觉

便从我的心中升腾

动心的感觉好美好美

这一刻

热闹的世界

不知道我们之间

有一种什么样的

默契

在流淌和涌动

你坚硬中柔软的内心

我已经心领神会

你钢铁的声音

早已拨动了我的心弦

响彻我剩余的人生

轻轻地放下

我要转身离去

没有谁知道

我们之间有一份

长长久久的

情

2018年5月18日发表于《中国冶金报》
2018年第074期（总6796期）08版副刊

八十年前,那个初夏的风
——写在"助力乡村振兴 培育文学新苗"
文学志愿服务活动之际

八十年前,那个初夏的风,

走过一道道沟,吹过一道道梁,

凉爽了解放区亮堂堂的时光

那是1942年5月,延安的枣花正香

23日掌灯时节,一百多人

会聚在杨家岭不大的广场

三根木棍,架起了一盏汽灯

灯光下,

毛主席深情地给大家总结演讲——

"我们的文学艺术

都是为人民大众的,

首先是为工农兵的,

为工农兵而创作,

为工农兵所利用的。"

从此,革命的文学艺术

有了自己正确的方向

诗有诗的筋骨,歌有歌的力量

文学艺术的根,深深扎在现实的土壤

戏剧,为群众演

歌曲,为工农兵唱

艺术的一步一印

沿着延安窑洞的灯光

走向生活,走向人民,走向战场

文学的一枝一叶连接着

黄灿灿的小米和红彤彤的高粱

那个初夏的风吹过

《白毛女》吸引了边区无数人的目光

首演的地点是延安中央大礼堂

台下坐着毛主席、朱总司令和许多中央首长

神情专注的观众,时而流下泪水

时而怒火要冲出胸膛,

大幕徐徐地合上了

刹那间是潮水般不息的掌声

"旧社会把人逼成鬼,

新社会把鬼变成人"

《白毛女》中每一个人物形象

活在一代又一代

观众的心中

那个初夏的风吹过

《小二黑结婚》字里行间

写出了婚姻自主的崭新风尚

清凌凌的水啊,蓝莹莹的天

小芹洗衣来到了小河边

二黑和小芹自由恋爱

冲破封建束缚和落后的主张

那个初夏的风吹过

秧歌剧在边区掀起了

一个又一个热浪

《夫妻识字》恩爱好听

《兄妹开荒》让我们感受到

大生产运动的热闹繁忙

崭新的时代

崭新的文艺

一字一句

都是边区群众的土色土香

那个初夏的风吹过

李季创作出《王贵与李香香》

清新的信天游

跌宕起伏的诗行

流畅的诗句

深刻的主题

至今还令人难忘

那个初夏的风吹过

丁玲创作出《太阳照在桑干河上》

农民翻身

觉醒觉悟

土地改革让暖水屯变了模样

那个初夏的风吹过

古元木刻的刀口迸发出别样的光亮

他流畅锋利的艺术之刀

刻下了解放区火热的生活

清晰逼真的画面

定格了一个又一个动人的景象

《烧毁旧契》

木刻的画面中

燃起了熊熊的火光

《人桥》是那么震撼和雄壮

南下的大军

就是踩着这样的人桥

冲锋向前

奋勇渡江

那个初夏的风吹过啊

无数有作为的文学艺术家

到人民中去

到真正的生活中去

感受时代的火热和滚烫

写边区,唱人民

文学艺术如雨后的庄稼

焕发出蓬蓬勃勃的力量

八十年啊

《在延安文艺座谈会上的讲话》

依然放射着璀璨的光芒

如同那个夏夜的风

吹过岁月的平原和山岗

吹过了无数激荡的音符

和动人的诗行

革命的文学艺术多姿多彩

中国风格

中国气派

是长江黄河滚滚流淌

树立以人民为中心的创作思想

是新时代的召唤

我们的文艺作品应该是茁壮的庄稼

扎根大地

面朝阳光

不忘泥土的嘱托

带着泥土的希望

用粗壮的根须

向着金色的丰收迈步

用茂盛的枝叶

向着辽阔的天空歌唱

写于2022年5月19日—21日

2022年5月27日发表于《中国冶金报》2022年第076期（总7581期）04版副刊

后　记

　　这本诗集收录了我近十年来创作的钢铁题材作品共四十首。这些作品大多是我在陕西钢铁集团工作期间创作的，个别作品是我调离后创作的。

　　对于写诗的人来说，诗歌就是灵魂的密码，是表达情感世界起伏震颤的最好的方式。这本诗集表现的就是我灵魂中的钢铁密码，表达的就是钢铁在我情感世界中的起伏震颤。

　　2012年5月到2017年8月，我在陕西钢铁集团工作。其间，恰逢钢铁行业产能过剩，企业处在十分困难的时期。我对钢铁也经历了由陌生到熟悉，再到感情融入的过程。六个年头，不知不觉我已与自己工作过的钢铁企业和职工产生了一种自然而然、相依相伴的深深情感。"钢铁"二字在我人生中烙下了深深的印记。这期间我用诗记写下自己对钢铁的心灵感受。今天看来,这些作品用诗的标准衡量,也许缺少了高超的技艺,但我确信,这些作品所承载的感情是真挚的,这些作品也记录了我人生中一段真切而特别的经历。正因如此,我才产生了把这些作品结集出版的想法。

收入这本集子中的作品大多在《中国冶金报》副刊和其他媒体公开发表过。部分作品也被朗诵艺术家和朗诵爱好者转化为有声作品而得以更好的传播。

我感谢中国冶金作协副主席、秘书长,《中国冶金报》副刊编辑郑洁老师。这本诗集中的许多作品都是经由她的选编而发表在《中国冶金报》副刊的。最先给我冠以"钢铁诗人"称谓的也是她,我至今清楚地记得,那是2020年4月21日早上,我因事驱车回老家合阳,车由连霍高速刚刚转行至渭蒲高速,时间不到九点,我收到了郑洁老师给我发来的约稿短信:"能否给我们写首大秦岭的诗?"仅用一天时间,我就创作出了《透过窗户,我便看见大秦岭》一诗,并发表在2020年4月24日出版的《中国冶金报》副刊上。在编者按中,她称我为"钢铁诗人"。

我感谢《三秦都市报》的王娇莉老师。2021年1月的一个下午,她作为《三秦都市报》资深文化记者、文体新闻部主任,就我的诗歌创作情况对我做了专题采访,她采写的《"钢铁诗人"李永刚的人生"诗路"》一文先后发表在2021年1月5日《三秦都市报》"秦闻"客户端和2021

年1月11日的《三秦都市报》第六版头条。

说实在的,对于"钢铁诗人"这样的称谓,我是诚惶诚恐,甚感其实难副。当然,这也从另一个方面说明,钢铁题材的作品的确构成了我诗歌创作的一个重要方面。我不得不承认,因为今生与钢铁有缘,钢铁总在我心中。

我还要感谢责任编辑史婷老师和封面设计王子沣老师,他们为这本诗集的出版倾注了心血。我的同事闵海建工作之余抽出时间帮助我整理作品,我亦心存感激。

2023 年 6 月 26 日